続・西方の湖

安部洋子歌集

青磁社

＊目　次

I

安部洋子歌集

続・西方の湖

I

城　山

城山の池はしずかに衰えて洗う馬なきことのやさしさ

昔日は水辺の葦に似ていんかよみがえりては風を立たしむ

それぞれに起点をもちて並ぶ影夕ぐれの水辺ただなつかしき

限りなく水皺を畳む湖の放つ光に圧されてしまう

寒の夜の星の光に百日紅の剝ぎ落とす皮しろしろと浮く

いくひらの浮雲照り合う春の空黒き鳥影穿つごとゆく

泡沫の美しさも知る汽水湖のほとりに生れ不埒に生きて

突き抜けて見たきものかな青空の底の星屑の流れの中を

剥落の口もとのままのヘルンの石狐まなざしの先は令和のさくら

立春

湖に白波ひとつ立たざるを橋に見て過ぐ明日は立春

かの山にかたくりの花咲くころか追われし鬼をなぐさめんとて

お年玉くれしこの子の幼き日われは使いき子のお年玉を

ことば習いし口のかたちに別れを告げ友は世を去る二日ののちを

コロナ禍に残るは冬籠る動物か縞蛇ゆっくりと石垣に消ゆ

日暮れの空ひしめきて渡る黒き鳥のこころ翳らす羽音を聞きぬ

寄る波の上にただよう虹のいろ誘うごとくかなしみは来つ

永らうは死者の眼に囲まれて孤独と言うを失うらしも

ブーメラン

足元を不意に音して霰打ち白く変るみち活路となさん

一文字に開腹したる日もはるか危うさもなく生きながらえて

薄明に何の予兆の鳥声ぞさめて創痍の身を打ち立たす

冬空に鋭く光る二日月ブーメランのごとわが胸に来よ

地上すでに冬の静もりさびさびと風の渡れば夕もや動く

飛び去りし青鷺の残す空間に悔しき思い放りてしまう

水底に扁平の魚が動くに似てわれは移動す畳の上を

落日は少し身軽くすべり込むこんこんとやがて眠らん湖に

冬を呼ぶ音とも思う琴の音年輪のごとわが身に刻む

そのむかし遠流の帝を運びにし気流のかたちに鴨の群れ飛ぶ

候鳥を迎えては送る歳月の深き黙契に通うしずけさ

坂

坂道は急がず歩めと誰か言うわれの活路のポストへの道

ほしいままコロナは広がりゆくらしもながく籠れば言葉が曲がる

うつろいを波這う砂地に見ておりぬここのあたりの貝殻白く

宍道湖は猪の疾駆する沼とありのちの世生きて幻影を追う

消滅とは救いのごとくあらんかと汽水の流れのきらめきを見つ

生者の眼もちて魚は釣られしをいろなき眼玉箸につまみぬ

川風の匂う街ゆきさびしもよみずからの歌否定などして

そよぎつつ湖へ入りゆく川水の反すひかりの匂い立つまで

父

湖に父との対話くり返すきしむ艪の音打つ水の音

舫い舟を打つ波音に父の吐息思いしこともはるけくなりて

戦の日の放射線に死にし父心残りは五人の子と記す

身のうちを潜行しつつ進むもの見極めんとして湖岸に立つ

見送れば促促としてヘッド・ライトつづきていたり湖に入るごと

しなやかに生きのびし蜥蜴か再生の尾は歪つに太し

湖底に沈めかねたる執念は蚊柱のように死後に立つかも

すでにして歩みもとなきこれの身に風をまといて山鳩寄り来

湖にいかなる夕日見し父か小舟に一人釣糸垂れて

水底

満潮を確かめ橋を離れゆくわれをかすめて秋あかね飛ぶ

かたちなく日月は過ぎてゆきながら光はつねに湖の面に消ゆ

いたるところ地蔵の置かるるわが街の川はことごとく湖へ注ぎて

さまざまに終うる人間のからくりも湖は見とどけときに荒立つ

おりおりに歪む心と思うなり湖底へ届かぬ光のありて

あたふたと平成の世は終らんかわれは草生に影さえもなく

ゆっくりと湖より上がりて来たるよなバスが止まりてわれは乗り込む

湖にあなたの死を告げし六月の波は音なく重なり合いて

草生

鴉一羽湖の面を隠すごと波止を歩めりしずかなる日暮れ

秋虫の声のいくすじ辿りつつ草生歩めば戻りくるもの

身のめぐり離りてゆける幾人に秋虫ほどの声残ししや

青紫蘇を摘み来てきざむ生真面目に生き来しわれをなぐさめながら

はらはらと食みこぼすもの拾いつつめでたしとするながらうる身を

暗む窓に夕顔の花しぼみゆくわれは一首をいまだに成さず

地蔵尊二体のうしろの湖の一世の記憶風のごとしも

風のかたち見せて湖へ入りゆける汽水は匂う西日をのせて

夕空を飛ぶ鳥もなし水際は熱暑を浴びてあやしく光る

かつて猫と暮らししことを知るらしも野良は傍に来てわれをうかがう

通過する窓に楽しむさやさやと死は美しく嘘は重たく

六月の湖よりの闇に追われつつ草生あたふたとわが影はゆく

うすばかげろう

夕光の薄れてゆける水際にわたしの影はのびてたゆとう

活路と言うを探さねばならずわが庭にうすばかげろう生れていたり

みずうみに入る潮を恃み来て光も風も柔軟に受く

何ひとつ摑み得ざりし悔しさに汽水の光せめて掬わん

うたよみのはかなさなどに遠く生き汽水の岸辺に倦むことはなし

螢火はやがて銀河へ登りゆかん銅鐸の里の水に生れて

うちけぶる雨の湖向う岸を走る車は他界へ行くか

ゆったりと曲りて汽水の湖に入るひかりは常に身にも及びて

尾を上げて尿落としつつ立つ鷺に声かけながら踵を返す

戦いに短き一生終りたる父と見つめき汽水のひかり

驟雨の向うは鈍色の森謀られてわれは森を抜けたり

ねむり深きわれが地震と気づきしは止む前ならん鈴の音せり

桜の闇

きしみつつ来れる春の花の下白かきわけて鳥影は立つ

残しゆくものなき身なれど年々の桜の闇をかなしみにけり

あすっこと言う菜の由来聞く窓にほのくれないの残るみずうみ

気迫もつがに咲きたる桜花まなこ離さば闇に変らん

斑のごとく鳥群のゆく街空は湖へそして海へとつづく

人物評へと傾きかくる饒舌を止まりしこと夜に安堵す

また夕べ庭木のかげが濃くなりて一日一日が加速してゆく

乏しかる人材嘆けばうなずける人にいくらか傷付きている

雪の日を車庫に息絶えし候鳥を真青き空の下に埋めぬ

行き止まりの側溝にいつ気づかんか背びれ揃えて行きし魚たち

木耳

森ふかく何を聞きしか木耳に問いたき父祖のそののちのこと

やがてまた春の水音聞きに来ん雪降り沈む鈍色の川

模糊として雪吸う湖にみずからの影を探してしばらくを立つ

山の湖は雪に荒寥としずもりてけものの生きの名残りもあらず

剝製になりたる鳥のものがたりあわれいまだにこの世を瞠る

漕ぐこともなくなりしわれの自転車の籠にコーラの空缶溜まる

吹雪くなか鈍色の森つづく道謀られいんかそれもよしとす

湖霧

湖霧の底より現るる白鳥の首に煽られ旅に出んとす

湖霧のため始発遅れし特急に苛ちて出でて歌会に眠る

辻褄の合う記憶などつまらぬと空のまほらの三日月仰ぐ

鳴き止まぬ鴉の口腔赤かりき母の忌霜月まためぐり来て

確かにまだいましばらくは生きつぐか庭の椎の木洞深まれど

白雲の上に果てなき青のあり仰ぎつつ歩むこの世をわれは

秋月にかの椅子ぬれて光りいん湖岸離れそれだけ思う

一尾跳ねてのちを静もる湖に身のほどと言うかなしみ湧きぬ

庭砂にまろべるみどりのままの蟬地上の息を吸いしや否や

迷路

天井を前照灯の泳ぐ深夜光というはこころもとなし

湖へ橋桁くぐり下りゆく風に逆立つ髪のとぼしさ

湖底の迷路は常に謎のまま水死のひとり何処へ運ぶ

年月のゆきなずむところ岸辺打つ波に及びて日の光遊ぶ

長生きをし過ぎ世代と疎まれんのがれのがれし昭和一桁

首筋を打たるるような鳥声に雨露ひかる庭にたじろぐ

湖わたる風の行方も見えぬまま少し傾ぎて終電車消ゆ

あとのこととはいつのことならん友の言葉が不意に戻り来

われを待つ扉の色は藍ならんしかと見るべし夕ぐれののち

黒き幕

いまは亡き人らの声す大夕映えにのみこまれたる異様なる街

ジャンプしてぶつかり合いて湖走る猪の群れ見る今日の湖

没つ日の光の中に見ておりぬ黒き幕下ろす水鳥の群れ

土手の濃霧を武道衣の袴で散らしつつ馳けゆく少年たちまち消えて

追憶を打ち捨つるごと湖は暮れ川口のみが水明りする

そこはだめ誰かを制する夢切れて朝霧の窓よぎる鳥見ゆ

白魚

補聴器を形見にくれと言う妹われより先ときのうは言いしが

夕風の止むひとときを湖岸のわれの肩先あられの過ぎて
日没ののちを流るる藍のいろ窓に見ながら白魚を洗う

標的とならん炉のあたり立つ虹を引き寄せながら街は暮れたり

もの忘れ命をさえや忘れんとうたいし水穂八十歳なり

暖房の風に煽られ吊したる息子のシャツが肩先に触る

渦

風を呼ぶ桜の花の揺るる丘追いつめしもののもまぶたに淡し

しばらくを桜あかりの丘に聞くいま葬りける人のみ声を

橋過ぎて傾ぐ水面はゆっくりと渦を生みたり光をのせて

五月の雲水面になずさう昼下がり甲羅干す亀の伸ばす黄の首

石を下り深みに向かう亀の影われかも知れず力ある足

炎立つと見るまで茜に染まる雲われの行く手に立ちはだかりぬ

ゆっくりと茜に染まれる雲の下水音ありて螢息づく

限りなき闇の草生に眼をやりていまし光り出す螢を捉う

手のひらに光るひとつを受けながら闌けゆく夏のおおよそを見る

バスを待つわれに近づく鳩の足きのうの足と同じに気付く

形代に書く子の歳を忘れたりかく老いながら生きたかりけり

ひゅるひゅると上がる火の玉追う空についに爆ぜざるひとつがありぬ

II

重き扉

湖岸へ重き扉を押して出るまだ幾年か生きられそうだ

雲間より現るる西日の輝きに視界は一瞬ひかりの果てに
追いつめて来たりしものも忘れんか川の流れに押し戻されて

氷片が浮きいし日など思い出す黒衣のごとく黙す汽水湖に

遠景に雨の過ぐらし薄明の穏しきときを「令和」に入りぬ

みずからの肩重くなる夕ぐれののぼりの長き湖の橋渡る

在らぬ人の笑いし声の聞こえ来て夕光の湖に私も笑う

砂漠

生れくるものを待ちいん湖はいままざまざと砂漠のごとく

ふと見たる封筒の中の明るさに届きしことば風のごとしも

からたちの棘は軍手の指を刺す六月の闇濃き庭の隅

いましばし目蓋を上げて書きたきを思いながらも眠りに墜ちぬ

届かざるものを追うらし真っ直ぐに立ちたる鳥は空に染まりて

夕空に瑕瑾のごとき二日月花火の光にときに消されて

するすると闇に尾をひき上がりゆくそのたまゆらが私は好き

視野なべて光と化したる一瞬ののちのとどろき湖面は反す

あのときの私は何をたくらみしか湖に対き眼を閉じながら

なにひとつ摑み得ざれば降る花火てのひらに受く湖岸に来て

鳥

鳥も老い終の日知るや空をゆく影をまぶしく窓に見ており

遠き祖がここより飛びしと聞かされきそれのみを知る鳥になりしか

秋を知らす風が湖を押し移り夕べは靄が水面を閉ざす

長雨に水位下がらず嫁ヶ島へ渡る祭りもこの年はなし

湖の面を白き波立てて風ゆきて血をにじませる暮れいろは秋

湖へ出ずる川岸しばし歩むつねに寄り添いくれし水かげ

うたたねにそよぎて過ぎしは何者ぞいまさら呼びたき人はあらねど

秋の日にわれの賜びたる花束を屈伸あざやかにのぼる虫あり

これの世を去るときのわれの存念を怖れて秋の夕映えに対く

頼めなき夢をつづりし湖にこの世の風はまた秋となる

大銀杏

おおよそを終えたるわれに立つ風や大銀杏の下天も地も明るく

四百年峡に生き来し大銀杏の意外に小さき薄き葉拾う

誇らかに照りし金木犀も散りはてぬ過ぎゆくものを見届けし秋

天空は鈍色の雲に遮られ動かぬ闇もつ街は静もる

遁走のごとく消えたるおでん屋に通いし弟もすでに世になく

生きつぎて超すべきものも知らぬまま水匂う秋の水際に坐る

向う岸

許し乞うことのなき身のさびしさや湖に出でんか月の照る夜を

向う岸の灯りを映す川の面にちろちろ立つる音ありて聞く

われ一人生者となりて死者と並ぶそんなに遠き歌会にあらで

幾百の鴨の群がる湖の面に水脈際立てて離りゆくあり

暗黒の空に亀裂さながらの二日月ありいまぞ割れなん

時雨はいつ雪になりしか庭草ははだらに白し朝の窓に

生きの日の重さ呟けば「そうなのよ」とつながる人もなきままの日々

ポストまでと木戸口出でて引き返す風が白くてショールを巻きに

よろこびは春みずうみの光に似て不意に届きぬ見えぬ方より

羽ばたき

湖に群がる鳥の射たれしを聞きしことなし斎うべきかな

目の前の刈田に羽ばたく白鳥の立つる風うけ飛べる心地す

異変あれこれ予感ののちを降り出せる白き泡沫湖より来たり

楠の木の葉群を立ちし鳥影を消ゆるまで見つ投函ののち

葦の間にひかりて流るる水音を今朝はさりさりと聞くわれの耳

懸命にはげみ来しとは言いがたし街屋根の上の湖遠白し

怠りて黄の衰えし柚を捥ぐ夕のひかりはすでに春なる

暮れそめて靄立つ川岸ガス灯のごとき灯の下ゆく人もなし

湖よりの風吹き通りし八軒屋町外灯八つ残して消えぬ

落日

風立ちてわれのめぐりは死者のみが過ぎてゆくなり花びら纏いて

犬を飼わずなりて久しも折々に生きの極みのまばたき浮かぶ

われのうしろの暗さ危ぶみ落日のあとをしばらく歩めずおりぬ

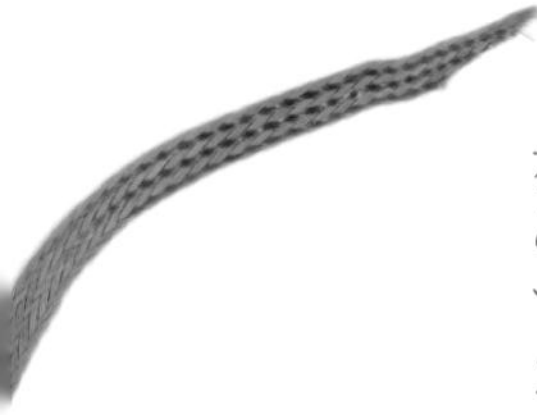

降りつぎて中州の消えし川の面に白蛇のごとき影の白鷺

湖の辺に生をうけてより八十七年この世の借りはいまだ残りて

背を曲げて歩むみずからを叱咤して流れ豊かな川岸に立つ

刈草の匂う川土手青鷺はためらうように羽を納めぬ

水辺には黙深きうさぎの群れがいて波の飛沫に草陰に動く

押し移る風ありと思う湖岸にこの身動かす何ものもなし

朴の花雨に打たれて散り果ててわれは失うときにふためく

見返れば水明りの街に住み古りて歩み疑わぬわれのめでたさ

秋月

懸命に歩めば何か見える筈その筈だったと秋月仰ぐ

残夢とや杖に立ちたる庭中に雲より出ずる秋月の光

コロナ禍の闇の向うに夏の銀河あるを忘れて心褪せゆく

橋の上より瞰る湖に折々の示唆すくいたるわれの歳月

転覆の場と祖母の怖れし「籠の花」流れ見ており月の明りに

足跡の残らぬ一生をよしとして水照りまぶしき湖に対く

雪　片

低き波紏うごとく流れゆく湖面に甦る言葉のありぬ

くさぐさの歌に関わる出会いさえかなしみ生みて日月の過ぎぬ

きさらぎの空に雪片かがよいて北帰の鳥のはばたき誘う

さらさらと大粒の霰に変りたる空は明るさしかと保ちて

大き胸張りて羽撃く白鳥のゆきかえるみち人間知らず

雪の街の黄昏どきに佇みてとり落としたりみずからの影

転た寝を覚むれば寒の夕映えに包まれておりわれと冷蔵庫

ままごとの砂まで赤く染まりたる校庭なりき湖の夕日に

わが庭のセンサー作動させ隣家の猫は大股によぎりてゆけり

落潮に逆立つ細波の光る見てきびすを返す川口近く

冬の夜の星の光の痛きまで胸にささり来一人の訃は

引く潮にせめぎ合う流れ見ておりぬ夕光白く及ぶ水の面

枯葦に残る明りのその向うこの世を過ぐる一人の影

中空より流るるごとく時雨来てわれは陥穽にしばらく沈む

雨あとの道にしらじらと映りたる外灯の範囲量感をもつ

師と対う昴りもなく過ぐる日の飛来の鳥の羽ばたきまぶし

羽ばたきて光を散らす鴨の群れ冬へなだれん湖のしずもり

わが骨を砕きてくるる手にあらんハンドル握る指太き子の手

湧きてくる涙ぬぐわずものを言う今宵いびつなる半月の下

闇を踏みて近づく湖岸ぽあっぽあんと打つ波音や淵の明るさ

街川

夕明り載せて流るる街川はこのあたりより逆流をせん

中空の気流とらえしか離りゆく鳶は広げし羽動かさず

鈍色の冬波の上夕光は大蛇の舌のごとくのび来つ

「なめんなよ」と言いたき人も今はなし冬の流星の美しき波紋

降りながら届かぬうちに消えてゆく春の雪片死者のつぶやき

三月の湖に潮の目さやかなり死者吹く笛か風の渡りて

わが生れ日に弟は世を去りぬほどほどに生き尽したる顔に

雨つづく中州に鳥は首細くなりて抱卵つづけていたり

遠き日のかごめかごめの輪の中の少女の孤独よみがえりたり

すべらかに川を泳げる蛇に似る文体に遇う図書館の部屋

羽黒とんぼ

やがてわれもはぐれゆく身か翳のごとき羽黒とんぼを手に囲いたり

朝焼けは庭の樹幹をすべりゆく今し羽化せる蟬の爪まで

その果ては天へつづける夜の湖飛沫のごとき二日月おく

ゆりかもめ飛翔の足をのばすまま日暮れの川に光を散らす

鳥髪山目平の丘に秋を来てほろびの前の紅葉に合う

ゆっくりと衛星わたる寒の夜圧しくるものを老いと呼ぶらし

ふりむけばくぼむ靴跡に水光る無念なる死もいまは思わず

帰路

帰路というやさしさ見せて曲がる川水際に今は冬鳥がいる

菜の花に雪降り沈む三月の野を過ぎて春のスリッパを買う

雪に出でて野菜売場に青したたる葱一把買う立ち直るべし

風わたるマロニエの葉ずれ遠く来て難聴の耳にしかと聞き留む

いつの日かパリの街空思い出さん空のみを見る痴れ人のわれが

立ちかえる春

雛の手に扇持たせし日のはるか水の明るむ湖は春

雛十羽率て葦の間をゆく群れに風の光りて立ちかえる春

しろしろと死魚の筏にふちどられ湖は薄墨の色に暮れゆく

橋脚に映ゆる水照りは明日と言う日を恃みたる遠き日のまま

鈍色の空の落とせる滴か川鵜の群が湖岸に並ぶ

花のなき睡蓮鉢に蜂の来て水飲みて去る盛夏こともなし

のぞきたる夏日の川にすいすいとゆきし魚群も闇に吸われん

淵と言うを見んと佇む川岸に水そよがせて魚の群れゆく

海風に籠る木立もかすみつつ国境のごとき鉄条網つづく

虹色

立つ虹を渡れば戻れぬ身とならん虹色の夢いまに見飽かず

しのこせるままに終われるかなしみを知るか晩夏の夕照りながし

どこへ行くつもりなのかと車道歩む亀を拾いて川岸へ戻す

湖に影落としつつ鳥戻るうしろは暗しその白さゆえ

いま一度瞬くと見ゆる落日に対いてわれもまたたき返す

ふり切りてゆく人もなしみずからを鎖して歩まんいましばらくを

濃霧覆う湖の町見えざればわれにはすべてが遠くあたらし

無明

庭先の黄の石蕗が濃霧の底に見えて無明のとき流れたり

歳月の繁みの中に息づきて事なく啼けりわが飼いしうさぎ

四手網に跳ぬる白魚を見飽かざりし少女も湖もすでに幻

斜光は低き雲より洩れながら湖に届かぬ今日の日没

争いの痕跡雪に残しつつ鳶のあと追う二羽の鴉は

去る人を送るかたちにうつむきて冬の牡丹は咲き終わるらし

うなだれし花首切れば香りたつ香らずありし冬の牡丹が

水音にふりむきたれば青鷺が一尾呑みしか喉ふくらます

水明りのかなたに霞む赤き灯は原子炉三号機建設現場

声

悪業が祟っての病と言い給いき田井安曇氏やさしさが過ぎて

日本海の魚よろこぶはそのひと世に終に渡らざりし海なればとぞ

ゆったりと曲れる川を橋の上より見放けておれば誰か呼ぶ声

ゆっくりと藍の色素の抜けてゆく夕空の下バスを待つ間を

濠端の亀は人間を見飽きしかいずれもじっと空を見上ぐる

青痣のように水の面にあらわるる絶滅危惧種なるツツイトモ

切通し

夕明り残る湖岸歩みつつひとつの思いが渦となりゆく

花芙蓉閉じんとふるう切通しわれにしばらくの刻のあるらし
しのこせるままに終われるかなしみを知るか晩夏の夕照りながし

葉の落ちし枝に揺れいる烏瓜汝も遊行のかなわぬ身かも

ひとしきり散りしもみじ葉掃き寄せて戻らぬ年のごみ袋閉ず

夕照りの及ぶベンチにバスを待つ遠景の湖は何を待つらん

標的はつねにあなただった頃の鋭さはもう失ってしまった

ひとりの死送りて来たる海の町さくら吹雪に包まれて立つ

暖気流

暖気流が早も届くらし海近き丘はつつじが淡々と咲く

詫びたきを言わで帰りゆく夕潮のふくらみ見つつ海に沿う道

下りるならここのあたりを螺旋にと歳月の記憶踏みつつ思う

暗渠覆う鉄の蓋踏みゆるぎなきものの音聞く朝のひととき

青き潮打ち寄する底に人骨のごとかる砂利のかがやきを見る

闇に変る前の空の色世の外に運ばるるとき見る色ならむ

幼き耳にただこそばゆき船の汽笛記憶にありきあけくれのこと

軒先に「ちぇ」と鳥鳴きこの日頃忘れていたる舌打ち返す

黒　髪

歌反故を箱に詰めつつわが亡きあとの炎をまざまざと見つ

うたたねのわれを過れる影のあり別離よりつづく空気の重さ

古きノートの挿むひとすじの黒髪のふてぶてしきまで太かりしかな

風渡る湖の面にたゆたう虹のいろ見る幸いにまた岸に来て

雲の間に朱をかき流し暮れんとすこの集落は風音もなく

庭石のくぼみに溜る打ち水を蜂が来て吸う鋭き口に

残照の華やぎ受くるわたくしはあなたより遠く旅をつづけて

秋をまたその意志に群鳥戻りしか白雲映す湖にかげ撒く

日の沈む水平線より立ち上がる光のさきに今日の身を置く

冬湖の荒れを見ておりからだより抜ける力の行方知られず

身を躱す危機感もなく永らえて恩寵のごと水明り浴ぶ

あとがき

『続・西方の湖』は、私の第五歌集になる。歌集名に迷った挙句の果てであった。多分この歌集が私の最終の……などと思いながらの作業であったので思いがけない程手間どった。籠ることの多かった日々に私は体調も崩してしまった。

コロナウイルスの拡大に恐怖に打ちのめされた。次男の家族は緊急事態宣言の対象地に住み、往き来が出来なかった。未だに収束の目処が立たないらしい。その上に日常茶飯事のように災害がつづく。

後世の人はこの令和の時代をどのように判断するのだろうか。私は見極めたくなった。歌への執着に加えて、もう少し生きたいと思う。

私の生れ育った松江大橋の南詰、八軒屋町は大橋川の拡幅のために消えた。どのように変るかこれも見届けたい。仏の慈悲にすがって……。

ご多忙を承知しながら、花山多佳子先生に「帯」をお願いしました。大きな喜びでございました。

心よくお世話下さいました青磁社の永田淳氏他、皆々様に厚く御礼申し上げます。

二〇二一年五月

安部　洋子

著者略歴

安部　洋子（あべ　ようこ）

一九三三年　島根県松江市生まれ
一九六六年　「湖笛会」入会
一九七二年　「未来」入会
一九八一年　『橋脚』刊
一九九二年　『海界』刊
二〇〇二年　『島の声』刊
二〇一一年　『西方の湖』刊

日本歌人クラブ島根県幹事
現代歌人集会会員
『未来』会員
『湖笛』編集委員
島根県短歌連盟顧問

歌集　続・西方の湖

初版発行日　二〇二一年九月十日
著　者　安部洋子
松江市古志原三－一四－五（〒六九〇－〇〇一二）
定　価　三〇〇〇円
発行者　永田　淳
発行所　青磁社
京都市北区上賀茂豊田町四〇－一（〒六〇三－八〇四五）
電話　〇七五－七〇五－二八三八
振替　〇〇九四〇－二－一二四二二四
https://seijisya.com
装　幀　濱崎実幸
印刷・製本　創栄図書印刷

ISBN978-4-86198-508-9 C0092 ¥3000E